Wassili el mapache

Por suerte se tienen amigos

Julia Boehme

Nació en 1966 en Bremen. Estudió Literatura y Música. Después de esto, trabajó como redactora en programas de televisión infantil. Un día, casi como una ocurrencia, recordó que cuando niña había querido ser escritora. ¿Cómo pudo olvidarlo tan fácilmente? En aquel mismo instante, decidió que solo escribiría. Desde entonces vive con su familia en Berlín y hace lo que más disfruta: escribir libros infantiles.

Stefanie Dahle

Nació en Schwerin en 1981 y ya de niña pasaba largas horas viendo libros ilustrados y dibujando en las paredes de las habitaciones. Estudió ilustración en Hamburg University of Applied Sciences en Hamburgo, y hoy en día ha creado maravillosos mundos llenos de fantasía en sus libros de ilustraciones, en los que uno puede sumergirse por horas. Desde 2007 trabaja exclusivamente para la Editorial Arena.

Boehme, Julia
    Por suerte se tienen amigos / Julia Boehme ; ilustradora Stefanie Dahle ; traductora Lia Pardo. -- Bogotá : Panamericana Editorial, 2016.
    28 páginas : ilustraciones ; 28 cm.
    Título original : *Wassili Waschbär. Zum Glück hat man Freunde.*
    ISBN 978-958-30-5143-2
    1. Cuentos infantiles alemanes 2. Solidaridad - Cuentos infantiles 3. Amistad - Cuentos infantiles I. Dahle, Stefanie, ilustradora II. Pardo, Lia, traductora III. Tít.
    I833.91 cd 21 ed.
    A1518716

        CEP-Banco de la República-Biblioteca Luis Ángel Arango

Primera edición en Panamericana Editorial Ltda., junio de 2016
Título original: *Wassili Waschbär.*
Zum Glück hat man Freunde
Textos: Julia Boehme
Ilustraciones: Stefanie Dahle
© 2015 Arena Verlag GmbH, Würzburg, Alemania
www.arena-verlag.de
© 2016 Panamericana Editorial Ltda.,
de la versión en español
Calle 12 No. 34-30, Tel.: (57 1) 3649000
Fax: (57 1) 2373805
www.panamericanaeditorial.com
Tienda virtual: www.panamericana.com.co
Bogotá D. C., Colombia

Editor
Panamericana Editorial Ltda.
Traducción del alemán
Lia Pardo
Diagramación
Martha Cadena

ISBN 978-958-30-5143-2

Impreso por Panamericana Formas e Impresos S. A.
Calle 65 No. 95-28, Tels.: (57 1) 4302110 / 4300355. Fax: (57 1) 2763008
Bogotá D. C., Colombia
Quien solo actúa como impresor.

Impreso en Colombia - *Printed in Colombia*

Julia Boehme

Stefanie Dahle

Wassili el mapache

Por suerte se tienen amigos

PANAMERICANA
EDITORIAL
Colombia • México • Perú

—¡Vaya, nadita de nada! —Wassili el mapache revuelve desesperado en la alacena.

Las provisiones de invierno ya fueron arrasadas, sin que quedara una sola miga. ¡En realidad, no es de sorprenderse, ya es primavera! Solo hay dos nabos avejentados entre los frascos apenas untados de mermelada.

Sibelius aprieta los ojos y luego los abre. En la mesa solo hay, igualmente, dos nabos arrugados.

—¿Esto será todo nuestro desayuno? —el tejón queda sorprendido.

—Me temo que sí —suspira Wassili.

Sibelius traga saliva. —Creo que deberíamos pensar en lo que será la cena. Wassili asiente con entusiasmo. —¡Deberíamos! —No lo piensa por mucho tiempo—. ¡Me encantaría cenar pescado!

—Ay, sí. —De inmediato, Sibelius da un salto y deja los nabos—. Vamos, iremos de pesca.

Wassili y Sibelius tienen, por suerte, todo lo que se necesita para pescar.
Una caña de pescar para atrapar al pez. Un buitrón para llevar al pez a tierra.
Y un cubo para llevarlo a casa. El camino al gran río es largo aún, pero
tienen todo el día libre. Los dos parten con alegría.

—¡Ayuda, ayuda! —se extiende un bramido por el bosque. Son los hermanos ciervos.

—Oh, por el cielo, ¿qué es lo que ha ocurrido? —Wassili explaya los ojos.

—Estamos completamente atascados —murmuran los hermanos agotados—. ¿Podrían ayudarnos?

—Seguro, ahora mismo —promete Sibelius. Pero todo tarda un poco—. ¡Desatascar cuernos toma bastante tiempo!

¡Ahora, rápidamente al río! Pero Wassili y Sibelius no
llegan muy lejos. Antes, la familia Ardilla necesita ayuda
para encontrar de nuevo sus nueces.

Y después le sacan al conejito Kuno una espina de la pata.

La familia Zorro está ampliando su
casa. Así que Sibelius y Wassili, por
supuesto, se unen de inmediato al resto y
ayudan con tanto esmero como pueden.
¡Y sí que lo hacen bien!

12

—No sé, en realidad, por qué hemos traído la caña, el buitrón y el cubo —Sibelius se ríe.

—¡Yo lo sé! —exclama Wassili. Su panza cruje peligrosamente.

Para llegar al río todavía queda un buen tramo por recorrer.

Ahora los dos van pasando cerca de los viejos robles y, entonces, se escucha un fuerte grito:

—¡No, Elsa, no!

Wassili y Sibelius miran hacia arriba.

Un pequeño búho polluelo anda ejercitándose sobre una delgada rama.

—¡Ven ahora mismo al nido! —exclama papá búho un poco bravo.

Y, entonces, sucede: *¡Catapumba!* Elsa se desliza y cae. Desesperada, da aletazos con sus alitas, ¡es inútil! Va disparada hacia el suelo como una piedra.

Rápidamente, Wassili lanza la red y…

… atrapa a Elsa. ¡En el último segundo!

—¡Hurra! —Mamá búho y papá búho bajan aleteando hasta dónde está Wassili.

—¡Gracias! ¡Muchas gracias! —se alegran con mucho júbilo.

—¡No hay problema! —se ríe Wassili. Pero se equivoca. Sí hay un problema. ¿Cómo volverá Elsa al nido? Todavía no sabe volar.

Y es demasiado pesada para sus padres.

Sibelius inclina su cabeza a un lado y se rasca el oído. Entonces se sienta en el suelo y dibuja algo.

—¿Qué haces? —pregunta Wassili curioso.

—Construyo algo —murmura Sibelius acurrucado en el suelo.

—¿Y podrías decirme de qué se trata?

—Un ascensor que lleve a Elsa al nido otra vez. Para eso necesitamos ocho metros de cable, tablas, ganchos, tornillos y...

—¡Un ascensor! —exclama Wassili emocionado—. ¡Esa es la idea!

16

Wassili lanza la caña de pescar. El hilo
de la caña ya se anuda en la gruesa
rama del roble. Justo al lado del nido.
El anzuelo comienza a bambolearse en
el aire mientras baja al otro lado. Wassili
aún debe colgar el cubo del gancho.

—¡El ascensor está listo! —pregona
a los cuatro vientos y lo prueba de
inmediato.

Gira la manivela.

El cubo se eleva en el aire.

Da vuelta a la manivela en la otra dirección y el ascensor vuelve a bajar.

—Es simplemente genial —Sibelius se maravilla y borra su dibujo sin que los demás lo noten.

Ahora, todo es más fácil.
Con precaución, Sibelius
coloca a la pequeña Elsa en el cubo.
El ascensorista, Wassili, eleva el
ascensor hasta el punto más alto. Y mamá búho y papá
búho remolcan a su Elsa con cuidado en su nido.

—¡Puf! —Sibelius toma aire—. ¡De nuevo todo salió
bien!

—¡Ujú! —se alboroza Wassili—. Ahora sé por qué
trajimos la caña, el buitrón y el cubo.

—También yo —Sibelius se ríe y mira parpadeando al
Sol, que ya se esconde—. Pero nuestras truchas asadas
ya no serán hoy. ¡Para cuando lleguemos al río ya habrá
oscurecido!

Sibelius y Wassili se marchan a casa bajo el ocaso del bosque.

—Entonces, de igual manera, mañana iremos de pesca —murmura Wassili.

—Así es —refunfuña Sibelius.

Sus estómagos crujen tanto que los árboles se mecen.

Y los dos piensan en la alacena vacía.

—¿Pero qué otra cosa podríamos haber hecho? ¡Debíamos ayudarlos a todos! —opina Wassili.

Sibelius asiente. —Seguro, ¿qué otra cosa habríamos podido hacer?

Por el camino, Wassili encuentra un par de hojas de diente de león para la ensalada. ¿Pero será suficiente para la cena?

Ya se ha oscurecido cuando los dos llegan a casa.
Justo cuando Sibelius abre la puerta, la luz se enciende adentro.

—¡SORPRESA! —se escucha una gritería de sus amigos. Los hermanos Ciervo, la familia Ardilla, Kuno el conejito, la familia Zorro y papá búho están allí y, como regalo, todos han traído algo para la cena.

Ahora todo es francachela y fiesta, hasta que no se ve la más pequeña migajita en los platos.

—¿Quién hubiera pensado que pescaríamos una deliciosa cena? —pregunta feliz Wassili.

—¡Sí! —el rostro de Sibelius se ilumina mientras se limpia el bigote.

—¡Y sin haber ido al río!